深圳谣

高旗 著

陕西新华出版
太白文艺出版社·西安

图书在版编目（CIP）数据

深圳谣 / 高旗著 . -- 西安：太白文艺出版社，2025.2.--（诗意彩虹）.-- ISBN 978-7-5513-2917-0

Ⅰ．I227

中国国家版本馆 CIP 数据核字第 2025MS7987 号

深圳谣
SHENZHEN YAO

作　　者	高　旗	
责任编辑	汤　阳	
封面设计	麦　平	
版式设计	陈国梁	
出版发行	太白文艺出版社	
经　　销	新华书店	
印　　刷	武汉鑫佳捷印务有限公司	
开　　本	880mm×1230mm　1/32	
字　　数	140 千字	
印　　张	7.5	
版　　次	2025 年 2 月第 1 版	
印　　次	2025 年 2 月第 1 次印刷	
书　　号	ISBN 978-7-5513-2917-0	
定　　价	388.00 元（全 7 册）	

版权所有　翻印必究
如有印装质量问题，可寄出版社印制部调换
联系电话：029-81206800
出版社地址：西安市曲江新区登高路 1388 号（邮编 :710061）
营销中心电话：029-87277748　029-87217872

序

深圳及其诗意的书写

◎唐小林

深圳是一个经济繁荣的现代大都市，又是一个新移民聚居，面朝大海，四季鲜花盛开的滨海之城。在常人看来，深圳新潮、前卫、开放、包容，来自五湖四海的人们都在拼命搞钱，这里只适合享受优裕的物质生活，却不适合写诗。殊不知，深圳却是诗人最多的城市之一。深圳的诗人，南北会聚，东西融合，风格多样，异彩纷呈，他们以自己的诗歌，在这个世俗社会里，抵抗着物质的诱惑和金钱的腐蚀，在奋力打拼之余，追求着内心的一片宁静和别样的人生。在这些诗人中，高旗是一个潜心写诗，并且喜欢以诗会友的诗人。我与他的认识和接触，可说都是因为诗，或者说文学。而真正集中阅读他的诗歌作品，却是因为他即将出版的诗集《深圳谣》。

《深圳谣》可说是高旗数十年诗歌写作的艺术总结，更是他多年诗歌写作的辛勤结晶。这既是他一往情深地献给深圳的赞歌，又是高旗对人生的思索和对故乡的深情回望，以及对亲情、爱情、友情的深刻感悟和诗意的书写。就像高旗在诗集的题记中所说："深圳的山海连城之间容纳着我的身体和灵魂。"来到深圳越久，深圳也就慢慢从他乡变成了故乡，诗人高旗也从一个昔日的外乡人，成为一个真正的深圳人，深圳也成为诗人新的故乡。在这里，他与那些春风满面的深圳人谈笑风生，朝夕相处，在寻常的人间烟火中，感受着诗意的人生，思考着一个普通人，及其生活在这个世界上并不平凡的意义：

父亲退休的时候开始受难

呼啸的地铁和汽车

废弃了他一生的航船经验

他一时不能适应无所事事

失眠的黑夜召唤着父亲

父亲似乎顿悟了一切

毅然放弃了七十岁生日的庆典

席卷了所有纠结，远航而去

现在父亲在封闭的小空间

安静得如书柜上的一页遗稿

父亲走得太急促了

像一个倾斜的逗号

也许当我们幸福的足迹

　　抵达父亲期待已久的渡口

　　父亲才会心满意足

　　升起风帆，鸣笛起航

　　　　　　　——《远航的父亲》

这里的父亲，并非仅仅是诗人高旗的父亲，而是一个具有"文学"意义的，形象化的，诗歌意义上的父亲，它既是一种实写，又是一种虚写。父亲的人生，是从他出生之日就已经开始的，但对人生的真正理解和新的蝶变，却是在他退休之后，面临着一种新的生活模式，在经历一番新的抉择之后才重新开始的。这是两代人的共同期许，又是父亲在老年之时与自己达成的和解。在诗中，诗人用一种极为委婉的手法，云淡风轻地写出了父亲的一种新的人生境界。

古往今来，爱情始终是文学永恒的主题，尤其是在诗歌中书写，更是源远流长，生生不息。从关关雎鸠，到曾经沧海难为水；从问世间情为何物，到赌书消得泼茶香，在历代诗人的笔下，爱情诗的创作从未枯竭。在历史的长河中，爱情就像不灭的星辰，永远闪烁在灿烂的银河，熠熠生辉。在《深圳谣》中，高旗笔下的爱情，同样写得感人肺腑，令人回味：

　　打拼多年，我和妻子在深圳

　　共同筑起了新的爱巢

　　很快把留守儿童的儿子接到身边

一家三口的拼图终于完成

欣喜看见儿子一节节拔高

儿子也见证了我们脸上

一道道皱纹生成

当有一天闲暇之日

客厅灯光下闪过妻子憔悴的脸庞

才发现岁月早已掩埋了

她的青春

才发现在多年的奔波中

忽略了她最美的年华

才发现忙忙碌碌的日子

没有好好拥抱过她一次

在歉疚的思绪中

我在心底默默朗读杜拉斯的名句

"我爱你年轻时的美貌

更爱你现在备受摧残的容颜"

——《写给妻子》

  可以说,《写给妻子》既是对杜拉斯的小说《情人》的诗意书写,又是对爱尔兰诗人叶芝的诗歌《当你老了》的致敬之作。因为生活的逼迫,在高旗的诗中,虽然少了叶芝诗中的浪漫和多情,但却始终不乏无怨无悔的执着,海枯石烂永不褪色的爱。而这种平凡的爱,永远都是柴米夫妻的日常生活。高旗在寻常的岁月里,书写出诗意的爱情，从而使《写给妻子》，成为一首新时代的爱情之歌。

在书写亲情和爱情的同时，高旗把诗歌的笔触，伸向了更加广阔的天地，他写人生，写友情，写哲学思考。

《深圳谣》是一部题材广泛，表现丰富的诗集，它涉及的内容和思考的深度，都是值得赞扬的。它集中体现出高旗对诗歌艺术的探索和追求，彰显出高旗在寻常的日常生活中发现诗意的能力。

（唐小林，男，1959年生，四川省宜宾市人。现居深圳。出版文学评论集《天花是如何乱坠的》《孤独的"呐喊"》《当代文坛病象批判》，在《文学自由谈》《作品与争鸣》《当代文坛》《南方文坛》《中国现代文学研究丛刊》《中国当代文学研究》《当代作家评论》《文艺理论与批评》等报刊发表文学评论数十万字。获《文学报·新批评》首届"新人奖"，《文学自由谈》创刊三十周年"重要作者奖"。）

目 录
CONTENTS

辑一 时间的云梯

002 ‖ 紫荆花
003 ‖ 碎　片
004 ‖ 舞　者
005 ‖ 致爱情
006 ‖ 追梦人
008 ‖ 时光的隧道
010 ‖ 蓝调寻觅倾听的耳朵
012 ‖ 岸
013 ‖ 红树林印象
014 ‖ 时间的截面
015 ‖ 私语咖啡馆（之一）
016 ‖ 私语咖啡馆（之二）
017 ‖ 远航的父亲
018 ‖ 大理游记
020 ‖ 一匹马在途中
021 ‖ 西城工业区悬挂的杧果
022 ‖ 西乡真理街
023 ‖ 写给汶川地震被救后敬礼的男孩

辑二 尘世的屏障

026 ‖ 时间机器
027 ‖ 写给妻子
028 ‖ 我和我的妻子
029 ‖ 置身事外的日子
030 ‖ 秋　思
031 ‖ 秋天的手掌
032 ‖ 避世旅馆
033 ‖ 夏天的舌尖
034 ‖ 活色生香的厨房挽留着我在浮尘中
035 ‖ 写　手
037 ‖ 承蒙时光不弃
038 ‖ 黑脸琵鹭的吟唱

辑三 盐 约

040 || 海的居所

041 || 喜 鹊

042 || 灵魂之羽

043 || 新婚的风景

044 || 莲雾果

045 || 子瞻解惑

046 || 清 洁

048 || 站成一棵秋枫

050 || 五十感怀

051 || 摆渡故乡

052 || 晾

053 || 早 餐

054 || 使君子

055 || 鸽 哨

056 || 疏 离

057 || 盐 约

058 || 种 子

059 || 休假笔记

060 || 植物密接者

061 || 旅人蕉

062 || 朴 树

063 || 梧桐山约茶记

064 || 好久不见

065 || 境 界

066 || 榫卯工艺

辑四 北回归线上

068 || 预习死亡

069 || 凤凰花

070 || 练习歌唱

071 || 养 分

072 || "活着,像泥土一样
　　　　持续"

073 || 季节的闺房

075 || 献 媚

076 || 北回归线上

077 || 路 途

078 || 日落时分的吟唱

079 || 宠物狗的耳语

080 || 绿 茶

081 || 眷 恋

082 || 写给孩子

083 || 琥珀色的黄昏

084 || 塘朗山

085 || 鱼 鹰

086 || 候 鸟

087 || 延 宕

088 || 节气的歌词

089 || 时光的山坡

090 || 溢　出

091 || 光

092 || 热　爱

093 || 蓝　图

094 || 行李中有故乡的冬天

095 || 不稂不莠

辑五 灵魂的邮筒

098 || 样板房

099 || 轻盈的机翼

100 || 黄灿然先生印象

101 || 鸟的欢腾

102 || 紫花风铃木

103 || 灵魂的邮筒

104 || 茶　语

105 || 慢物质

106 || 中草药

107 || 糯米和糙米

108 || 大理石的光芒

109 || 时间简史中的微生物

110 || 啄

111 || 别　辞

112 || 和　解

113 || 鸟的探望

114 || 大海的葬礼

115 || 锅　瓷

116 || 书生速写

117 || 蕲春赤龙湖

118 || 新六一居士

119 || 弯曲的灵魂

120 || 时间的齿轮

121 || 诗　味

122 || 石材词汇装饰着城市
　　　　客厅

123 || 当　归

124 || 大　寒

125 || 陶　瓷

126 || 杭城游记

辑六 深圳谣

128 || 迁　移

129 || 高新园的灰鸽子

130 || 时间城堡的最前沿

131 || 灯　柱

132 || 像黑嘴鸥一样滑翔

133 || 雨水（之一）

- III -

134 || 雨水（之二）		
135 || 旧碟片	160 || 时光的淬炼	
136 || 灵魂的书香	161 || 框	
137 || 白玉兰	162 || 书　房	
138 || 年　货	163 || 公寓和公墓	
139 || 尘　光	164 || 白围巾	
140 || 深南大道的甲板	165 || 奔　赴	
141 || 致　歉	166 || 坐　骑	
142 || 雪花的六个方向	167 || 一间房	
143 || 天空没有栅栏	168 || 无花果和无果花	
144 || 墓碑的订单	169 || 石头人生	
145 || 梧桐山离红尘大约几公里	170 || 《廊桥遗梦》读后感	
150 || 装修工	171 || 无　言	
151 || 冬至南头古城	172 || 荒　料	
152 || 词汇一样的集装箱堆积盐田港	173 || 忐　忑	
	175 || 荠菜春卷	
153 || 沙　丘	176 || 月光如雪	
154 || 引　擎	177 || 水库钓鱼记	
155 || 丝绸般的大沙河	178 || 襄州书生张继	
156 || 鲲鹏径远足	179 || 天堂就在广场附近	
157 || 重阳凤凰山登高	180 || 归　零	
	181 || 绿色囚徒	

辑七　荒　料

182 || 春正在分娩
183 || 一位艺术家的素描
184 || 神农架

辑八 鸟的维度

186 || 天文台
187 || 博尔赫斯小传
189 || 鸟的维度
190 || 太阳的舍利子
191 || 枯山水亦有冥想之心
192 || 鲜嫩的时光
193 || 俄地吓古村
194 || 天　窗
195 || 暴雨的四月
196 || 地铁接轨海上日出海滨栈道
197 || 雅　集
198 || 词　根
199 || 幸福的触须
200 || 北宋美学之殇
202 || 季节的诺言
203 || 石　头
204 || 树上的男爵
206 || 致瓶中美人普拉斯

207 || 火　焰
208 || 贞　鸟
209 || 真理的矿山
210 || 木棉花
211 || 雪
212 || 泥　土
213 || 漂　流
214 || 珍　惜
215 || 光和影
216 || 春　笋
217 || 时光的导游
218 || 薰衣草
219 || 挖掘者
220 || 俳　句

辑一
时间的云梯

紫荆花

这个秋天在不经意间
窥视了梦境中的小私密

几片绿叶簇拥中
含羞绽放粉红色的紫荆花
如绣着蕾丝花边的衣服
展现于眼前
袒露初秋肌肤
馥郁的气息啊
溢满了我的胸腔
弥漫了百花路上空

紫荆花
妩媚着这个秋天
芬芳着这个秋天
令我忘却了尘世的奔波

碎 片

蓦然回首间

时间的碎片

已堆积成一座座山脉

而灵魂的居所

依然废墟一片

扑棱棱的翅膀扇动着

如乌鸦向着山地阔叶林嘶鸣

竭力逃脱被荒芜的丛林

捕获

舞 者

从亘古的混沌中

羽化为孔雀

蹁跹于春天的花园

被百鸟的踪影追随

于无风的夜晚

静成一朵夏日睡莲

任幽香的花瓣如梦幻

一层层展开

回眸的瞬间

一轮明月已高高悬起

银光四射

穿越千里之外故乡的怀抱

音乐早已迷失了感官

沿着如水如蛇的蜿蜒手臂

一只精灵盘旋于天地

洋溢着神的祈祷和喜悦

致爱情

行走在城市的灯红酒绿
与一尘不染的爱情意外邂逅
此刻,我污浊的内心
已很难激起浪漫的涟漪
也无空间容纳如此纯洁之物

爱情,如额头岁月的刀痕
在这躁动不安的季节悄然降临
而我竟不能抚摸爱情
那纤美的腰肢
一如少年的我不敢触摸
初恋情人起伏的心跳

温暖着我斑驳青春的爱情
如清晨露珠般晶莹耀眼
这纯净的光芒
逼视着我内心的暗和黑

深圳谣

追梦人

移民城市的页面

一拨接一拨

登陆了新的寻梦人

抛开路途的疲惫

删除所有的往事

把信心刻录在笑容里

万丈豪情

链接于日常的言行

重启人生之旅

任汗水浸湿季节

让青春展翅飞翔

纵使有失落的一刻

斑斓的夜晚

依然闪烁着梦的双眸

在明天的晨光中

复制希望

下载理想

当生命的黑客

再次来袭

梦中的情人粘接在心扉

虚拟的痛苦不翼而飞

紧紧拖住信念的鼠标

点击未来

辉煌的城市将保存奋斗者的身影

发送到每一个人的

微博和短视频中

辑一 时间的云梯

深 圳 谣

时光的隧道
——写于深圳地铁正式运行之日

一批批钢铁打造的白驹

载着世纪初的奔放和豪情

驶入了这个年轻城市的心脏

在新的历史的瞬间

地铁终于接驳了人们的希望

梦想有多少公里

地铁就会延伸多少公里

时光隧道中对接着

轻轨、城际铁路、磁悬浮

四通八达的交通网络

以及无限创意

时间的成本不可估算

节奏和效率并驾齐驱

城市大动脉的血管中

澎湃着创业者的激情

地铁，地铁

这个城市的钢铁精灵

正在生长出更多的羽翼

飞越重洋，与世界接驳

辑一 时间的云梯

深圳 谣

蓝调寻觅倾听的耳朵

生命的吃水线愈来愈深
面目沧桑
如海岸边的礁石

来自另一度空间的音乐
循着曲折的耳郭
与血脉的河流汇合
在且歌且梦的慢板中
在蓝调忧伤的和声中
疲乏的生命
抵达了陌生的花园秘境

这是神奇的感官之旅
灵魂纤细的触须
摇曳在曼妙的节奏里
千缠万绕的心结
也被这温暖的弯音一一化解
浸透着无边无际的音乐雨
一根根紧绷的神经
酥如春泥

灌满布鲁斯音符的肺叶

如天使的翅翼

飘忽于浩瀚的苍穹之外

来自另一度空间的音乐

此刻，停留在静谧的岛屿上

寻觅渴望倾听的耳朵

辑一 时间的云梯

深圳 谣

岸

波涛拍向你

潮汐涌向你

风帆漂向你

所有的航程都驶向你

千年的叩问

永恒的引力

尽在彼岸

蜿蜒如弧线优美的岸

在水手焦灼的期待中

浮现出优美的弧度

当淋满风雨的身体

依偎在岸的怀抱

彻夜酣眠时

愤怒的岸

如一记凶狠的长鞭

痛击此生漂泊不定的灵魂

红树林印象

漫长的海岸线

缱绻于红树林完美的生态场景中

深深凝聚着散步者的遐想

一只只野鸭像一朵朵水母

在水中追逐童年的游戏

海滩上散落的贝壳

那是被海浪抛弃的诺言

树与树紧紧簇拥

守护着一首民谣的梦境

那些在海面低空盘旋的鸥鸟

每天都在上演歌喉比赛

飞翔的弧线

拖曳着无限向往

云雾中若隐若现的山脉

伸出了深情款款的手臂

召唤着一双双即将远行的翅膀

深圳谣

时间的截面

从时间的截面
目睹了青春
渐行渐远的背影

从时间的截面
惊现了几根白发
逼人的寒光

从时间的截面
窥视了无数誓言
诱人而诡诈的内核

从时间的截面
发现了人类的欲望
返回心灵艰难的足迹

私语咖啡馆（之一）

很多人在耳语
在木棉花盛放的二月

他们在私语什么
无法步入内心的密室

空气中飘散着咖啡香
氤氲着前进路和锦花路

一群人汇入了站台
一册册诗集在书柜上交流

滚滚红尘中，总有人
依恋着诗意的物质

深圳谣

私语咖啡馆（之二）

沦陷在私语咖啡馆的时光
被慵懒的慢节奏旋律熏陶
在鲍勃·迪伦哀伤的倾诉中
咖啡豆像音符在粉碎机里跳舞
又像是无人问津的滚石在滚动

虚掩的梦境之门乍现
"昔日我如此苍老，如今我风华正茂"
这歌声激活了未老先衰的颓废
可沦陷，不可以沉沦
音乐和咖啡撩拨着肾上腺
迸发出黑豹重金属般的嘶吼

远航的父亲

父亲退休的时候开始受难

呼啸的地铁和汽车

废弃了他一生的航船经验

他一时不能适应无所事事

失眠的黑夜召唤着父亲

父亲似乎顿悟了一切

毅然放弃了七十岁生日的庆典

席卷了所有纠结,远航而去

现在父亲在封闭的小空间

安静得如书柜上的一页遗稿

父亲走得太急促了

像一个倾斜的逗号

也许当我们幸福的足迹

抵达父亲期待已久的渡口

父亲才会心满意足

升起风帆,鸣笛起航

大理游记

风花雪月的传说

覆盖着苍山洱海的每一寸空间

大理天空湛蓝

像少年时向往的牛仔裤之蓝

澄澈透亮的洱海

纯净如白族女孩的明眸

这个遗世独立的南诏国

不屑于盛唐的帝王

只朝拜山水和寺庙

关公庙赫然位于博爱路

聚集着天下大义

洋人街吆喝的洋人

让我仿佛置身于境外

人民路上的浪人和歌手

歌声里寄居着散漫不羁

徐霞客的足迹引领我

抚摸古城绵延的历史纹理

前方下关村段王府的段王

已沏好一壶古树茶

坐等我畅谈古今

辑一 时间的云梯

一匹马在途中

一匹马在黑夜中醒来嘶鸣

谁给我套上了鞍辔

谁给我围上了栅栏

又是谁的长鞭

把我的命运交给草原

在黑夜逼仄的马厩

急促的马蹄声如鼓点叩问大地

鼻翼喘着粗重的气息

两眼放射出明亮的光

黎明浮现在沙丘

四肢积攒了力量和勇气

鬃毛在呼啸的风中高举着

是一面猎猎作响的旗帜

注定要抵达生命的疆场,踏开

天空和大地所有隐藏的道路

西城工业区悬挂的杧果

粉尘、噪声、吊机、货车

还有穿着工服的男男女女

充塞着拥挤的固戍西城工业区

这忙碌的人群

似乎要榨干工业区所有的产能

小路两旁盛放的凤凰花

蓬勃绽放，绵延一片

吸引了劳作的眼光

午休的缝隙

在炫目的花簇间多停留一会儿吧

还有那一排葱茏的杧果树

你悄然抵近树下

就会发现一串串青涩的果子

藏身于茂密的树叶间

悬挂着淡淡的果香和诗意

稀释着工业区里呛鼻的气味

稀释着你的倦怠

深圳谣

西乡真理街

"前方真理街在改造中

请绕道而行"

居住西乡多年,发现了真理街

令人欣喜,居然在真理辐射范围

但绕道又令人犯愁令人焦虑

火红的凤凰树下,维修工手中的电锤

仿佛是真理的助推器,在地面火花四溅

西乡步行街上的行人,洋溢着微笑

在这里可以淘到物美价廉的商品

还可以前往王大中丞祠

淘到一些真理的碎片

那就是一百多年前,海盗以炮弹

撬开了大清帝国的海禁之门

那是工业文明对农业文明的肆意践踏

现在,生活在这片土地上的人们

坐在榕树下,披着幸福的外套,喝着早茶

偶尔也会感受到文明进化的痛楚

写给汶川地震被救后敬礼的男孩

感谢苍天的垂悯

感谢解放军解救了

一个三岁男孩悬于一线的生命

感谢的词语都在断壁残垣处打滑

空转在无力的泪痕和词汇之间

唯有躺在木板上,颤巍巍

举起右手向拯救他的战士

敬礼

这是一个三岁男孩从废墟中

醒来后竭力倾吐的身体语言

一个多么本真而乐观的实词

一个在巨大灾难中

令人悲极而喜的词

辑二
尘世的屏障

时间机器

时间的表情是颓废的

唯有音乐和酒可以慰藉

初夏傍晚雨后

浮现出一张水彩画般

清新的面孔

惊动了死水一潭的内心

生活的河流依然绽放浪花

这将逝去的美好一切

充满了虚幻的泡沫

独有你秀发间的香奈儿可嗅可醉

活色生香的事物

在时间机器无心的研磨下

留下一地碎梦

写给妻子

打拼多年,我和妻子在深圳
共同筑起了新的爱巢
很快把留守老家的儿子接到身边
一家三口的拼图终于完成
欣喜看见儿子一节节拔高
儿子也见证了我们脸上
一道道皱纹生成

当有一天闲暇之日
客厅灯光下闪过妻子憔悴的脸庞
才发现岁月早已掩埋了
她的青春
才发现在多年的奔波中
忽略了她最美的年华
才发现忙忙碌碌的日子
没有好好拥抱过她一次
在歉疚的思绪中
我在心底默诵着杜拉斯的句子
 "我爱你年轻时的美貌
更爱你现在备受摧残的容颜"

深圳谣

我和我的妻子

在生活的反光镜前

貌合神离

就像身体和心灵

在夜晚同床异梦

黑夜的长廊延伸何处

我茫然在拐角

琢磨着一行晦涩的哲言

我的痛苦来自

我的作茧自缚

置身事外的日子

在偏僻的乡村
坐在一棵大榕树的树荫下
不厌其烦锯着木头
一根根木条,活动着我的筋骨
整齐堆积在我身旁
木讷着,像一行行质朴的诗句

飞扬的木屑,流淌的汗水
陪我度过一个充实的下午
在腰酸背痛的时候
一壶铁观音的清香,萦绕着村庄
三五个孩童哼着儿歌跑过来
捶肩敲背,骨节咯咯作响

秋 思

我忍着秋思不再想你

轻轻摁住探头探脑的念头

把浓稠的思念密封成罐

弃之心底,弃之梦中

日复一日,秋来秋往

看这罐折磨人又令人着迷的思恋

会发酵成什么

秋天的手掌

灿烂的笑容在初秋邂逅俗世

沉闷的胸腔里窜出一匹野马

飘扬的鬃毛热烈而莽撞

生命的草原遗忘了岁月的年轮

不管青春早已成了倒叙

一路狂奔到天堂山丘后的庭院

高大炫目的穹顶放射出浪漫之光

弯曲的孤寂灵魂

终于跃出了地平线的困顿

迷失在鲜花簇拥的温泉旁

满园的植物气息浓缩成一瓶香薰

消解了厌世之状

秋空夜色澄明

静谧的天空如幽蓝的海洋

潜伏在内心

几十年的躁狂症和褐色忧郁

被秋天温柔的手掌反复摩挲

一根根缠绕的焦虑神经

松弛下来

深圳谣

避世旅馆

空旷无际的广场

容纳不了回忆的空间

耸入天际的高楼下

人不过是一只会思考的虫子

商业区的喧嚣覆盖了教堂唱诗班的歌声

时间的叙述口吻淡定如神

无视梦之分娩者的痛苦和雀喜

成功者的神话每天都在被刷新

更多的人患有神经衰弱

酒吧街的霓虹灯闪烁着鬼魅的眼睛

夜的深处是回不去的故乡

失落的人叩不开一扇灯光的门

这万千广厦间

究竟有没有一处避世旅馆藏身

多么渴望在这热带的南方

飘起一场漫天大雪

安抚每颗燥热而驿动的心

夏天的舌尖

残余的冬在灰霾中

拖着阴冷的尾巴

倒春寒的季节

太阳默默供应着能量

盛夏来临,那火热的舌尖

已快舔到尘梦的额头了

活色生香的厨房挽留着我在浮尘中

安身立命之后

淡出了尘世

唯有那活色生香的厨房

让我与早已倦怠的人间

保持着密切联系

那些赤橙黄绿青蓝紫的蔬菜

愉悦着眼睛

那些活蹦乱跳的鱼虾

挑逗着味蕾

那些五香八角花椒孜然粉

散发着奇香美味

渗透到内脏

分泌出更多的多巴胺

活色生香的厨房

消耗着最后的体力和时光

写　手

写一只昆虫从泥土中探出头

探听春天的消息

写一场春雨对土地

埋下了缠绵的根须

写花朵离开枝头的一声叹息

写大海无边无际的遐思

写阳光对万物无私的爱恋

写季节轮回的咏叹调

写婴儿尘埃不染的笑声

写青春和梦想身着不同颜色的衣裳

写孤独和烟草混杂的气味

写被爱情灼伤后的疼痛

写沉重不堪的肉体

最终展开了轻盈的翅膀

写灵魂陷入肉体面目全非

写漂泊的人在途中

面对故乡的方向频频张望

写时光飞逝之后

漂流在图书馆的缕缕哲思

深 圳 谣

写楚汉两界的对峙和仇恨

写历史的足迹

为何离真理忽远忽近

写神的居所，仆人是否自由

写一匹马在黑夜中梭巡

执着寻找它的骑手

写音乐的是一位智者，引领我们

沿着琴键的台阶

穿越虚幻的尘世之旅

承蒙时光不弃

生命中最后一道闸门落下的时刻
一切声音静谧如墓碑上的文字
既然我们已领悟到昙花一现的人生
为何还执着于喜怒哀乐

承蒙时光不弃
我们继续在无望中抵抗疾病
在旅途的颠簸中
忍受一首诗的流产

茫茫人海潜伏着无数孤岛
当然喜悦的泉水也会
浸泡着每一位匆匆的过客
承蒙时光不弃
我们在年复一年的盛宴中
还会驻足多久

辑二 尘世的屏障

深 圳 谣

黑脸琵鹭的吟唱

红树林蜿蜒的隔音墙内侧

是鸟类聚集的天堂家园

那一排排葳蕤的海岸卫士

深深扎根海水中

每一片叶子布满盐腺

耐盐又能及时排出体内

就像南漂的人群,忍耐了乡愁

"哪里适宜灵魂寄居,就在哪里栖息"

请把我葬在红树林湿地中

放弃墓碑

那海面上慢镜头飞翔的

一只只黑脸琵鹭

它们浅吟低唱的歌谣

就是我的安魂曲

辑三

盐约

深圳谣

海的居所

客居高楼林立的鹏城
总是喜欢寻找一片湿地
在紫薇花绽放和白鹭滑翔的栈道边
过滤尘世中的纠结
呼吸着树林中的负离子
如果被高大的榕树遮蔽了视线
那沿着大沙河向南前行三四百米
就踏上了海阔大的居所

漫长的弧形海岸线
就是大海的前庭后院
一群海鸟在海的呼吸中欢舞着
海中的鱼也会时常蹿出水面
就像我此刻窜出了家门
正沐浴着海风,并聆听到
"面对辽阔,放弃狭隘"

喜 鹊

心情有点小郁闷

到河岸树林中散心

几只喜鹊也在草地晃悠

见我面带愁容

就跃上枝头,尾随着我

施展它们的歌喉

隐隐约约听清一句歌词

"不躁不躁"

我峰回路转,豁然开朗

一声声清脆的鸣唱

掠过了俗世纷扰的人群

如春天涌动的河水

一波又一波撞击着岸

深圳谣

灵魂之羽

受雇于愚钝的肉身
来到光芒四射的城市
头脑难以对接眩目的信息
在梦想疯狂生长的地方
也未能栽下一棵伟岸的树

站立在中心区高楼顶层的天台
俯瞰遍地的繁华
每一粒成长的种子
都携带着自己命运的基因
就像脚下的大厦也有巨大的落差

燕雀和鸿鹄各有前程
爱惜飞翔的羽毛
爱惜灵魂的羽毛
不要被庞大建筑群的阴影
所压迫

新婚的风景

时光的光泽暗淡下来

一如我渐渐沧桑的中年

驻足大自然的怀抱

在天与地

在南来北往的镜框里

在鹏城不断呈现的

一帧帧的画面中

总会邂逅新婚的风景

深圳谣

莲雾果

六月的蛇口,飘浮在鸡冠花的香气中
步入希尔顿酒店的后花园
一串串洋红的莲雾果
似掩映在簇叶下惊艳的羞涩
这盛夏里爆发的青春果实
像一缕清新的风
穿透了我闷热的胸腔

从黄昏到清晨
燃烧着阳光的水果皇帝
紧紧拴住了我迷恋的眼神
一如年少的我
围着邻家粉红色衣裳的女孩
从门前到窗后

子瞻解惑

混迹于蝇营狗苟之中
心中存惑久也
遂前往惠州西湖拜谒东坡居士
夫子捻须不语,陪着爱妾朝云
坐在湖边贪食荔枝
朝云一手递过子瞻诗词集
唯有专注翻阅

"试问岭南应不好,却道:此心安处是吾乡"
"蜗角虚名,蝇头微利,算来著甚干忙"
读到此处,击中穴位
倏忽双手作揖告辞
心如湖水澄澈释然
身如飞燕而返

深圳谣

清 洁

台风无形的引擎突然咆哮起来

似看不见背脊的天外怪兽

几秒钟就跨过了海洋

海水倾斜，淹没了沙滩和房屋

狂风的魔爪，肆意践踏着慌乱的城市

乌云密布，饕餮了所有的白光

太阳也望风而逃

树林中无数的鸟巢

在哀鸣声中被摧毁

下水道潜伏的良心备受煎熬

老榕树下压垮的汽车

像一只臭虫奄奄一息

街区上到处掉落的交通指示牌

和那些被吹断的残枝败叶

横亘在路面

成了行人通往目标的路障

台风退去之后
许多树木趁势挣脱了泥土的束缚
展示它们盘根错节的根系
紫檀、香樟、凤凰木、糖胶树
不惜断枝裂身,甚至吹坏了树冠
庆幸自己能散发出浓郁的树脂香气
最终驱散了城市上空的废气

暴风雨中的一天
催生了大量的负离子
清洁着城市的肺

深 圳 谣

站成一棵秋枫

漫步小区园林中

有一股喜悦的暖流

从足下涌泉穴涌上心头

这些植物的名字

一一连接着我的兴奋点

红豆、紫薇、桂花、香樟

水蒲桃、火焰木、凤凰木

蓝花楹、美人树、丛生莲雾

默念着它们的名字

就像和老朋友握手致意

它们躯干挺拔、伟岸

枝头绽放花朵和果实

鸟雀们围绕着鸣唱

风雨来临淡定从容

也不畏惧严寒酷暑

俯身扎根于土壤

仰首迎着阳光和天空

培植茂盛的梦想

伫立园中

我也站成了一棵秋枫

与植物为伍

立于天地之间

坚守着自己的内心

和喧嚣的尘世

至少保持一个街区的距离

深 圳 谣

五十感怀

年根岁底，当我在感慨时间的圆环
怎么绕圈那么快时
微信收到在国外读书儿子的祝福
"祝老爸五十岁生日快乐"
这一声祝福，让我僵硬在红绿灯路口
生命已滑行到秋天的节点
脑海里浮现博尔赫斯的诗句
"今年我将五十岁了
死亡折磨着我，永不停息"

今年我五十岁，半个世纪的人了
一事无成，颗粒无收
俨然一块黯淡无光的荒料

摆渡故乡

当我火急火燎到达高铁站检票口
检票员提示开往深圳的班次
刚驶离两分钟
恍惚中,我才发现时间这家伙
套上轮滑,溜在我前面了

我这拖沓的习惯
已滞后于特区的节奏
差不多,该携带行李和往事
向着故乡的河流
缓缓摆渡了

深圳谣

晾

八月深夜旅行归来

冲洗一路的疲倦和风尘

当在阳台晾衣服之时

抬头见到月亮珠圆玉润的脸

她也刚刚摆脱了乌云的纠缠

以雨水把自己冲洗得一尘不染

如玉盘晾在星空,却不愿晾出

它背面无数陨石坑的疼痛

早 餐

雪花白大理石餐桌上
摆放着手冲咖啡
还有各种点心、水果
来自大草原的鲜奶
如从雪白的大理石桌面流出
最令人回味的是特朗斯特罗姆的诗句
"醒来就是从梦中向外跳伞"

使君子

使君子在仲夏疯狂蔓延
掩埋了旧厂房的电线和杂草

墙缝中逸出的枝条
亲吻着过路的每一位行人

他们聆听着芬芳的花语
期待和藤蔓一样蔚然攀缘
拥抱花期中甜美的呼吸

季节随着时光远去了
唯有花朵的誓言
落入大地渐渐收拢的怀抱

鸽　哨

城市广场咖啡馆的角落

偌大的落地玻璃窗外

滑过路人匆忙的脚步

背包里藏着雄心和企划书

一群鸽子在低空盘旋

有时在喷水池旁腾跃

或者逗留在行人的手掌

懵懂的眼神

示意每一位过客都要纯良

困顿之时学会逆风飞翔

邀约你的朋友吧

在兑现梦想的路程中

静享这一声声鸽哨

回响在写字楼林立的天空

深 圳 谣

疏 离

你坐在高铁站的候车区

这个城市的进出口

仿佛置身于进退两难的境地

乡愁，已是掐灭的烟头

轨道挣脱了俗世的纠缠，穿梭山水间

陌生地理空间的腾挪

会邂逅，什么样的面孔

又会有哪些触动心灵的景物

填满无尽的落寞

深圳北站到了

坐四号线地铁到会展中心

换乘一号线就到白石洲了

香蜜湖、竹子林、华侨城

默念着这些站名

似乎就踏上了家的阶梯

这薄如瓷器的生命，在旅途中还能颠簸多久

宁静的港湾，终会于波澜不惊时远去

镏金的红尘，在一场又一场道别中疏离

盐 约

小时候穷，没有什么食物
母亲做的多是腌制的菜
身体里的盐场蔓延

当夏日，满头汗水回家
短袖前胸后背泛起道道白渍
泛起陈年累月的盐

离开故乡后，母亲总是在唠叨
"你是盐城人，不管走到天涯海角
吃尽百味还得盐，穿尽绫罗不如棉"

现在，两鬓也已被盐霜染得花白
依然记得在日记中写下的盐约
"身在人间，要像盐一样洁白结晶而耀眼"

深圳谣

种 子

二十一年前，我们南下深圳时

儿子在老家读三年级

时常会收到他的来信

"爸爸、妈妈，我每天拿着你们的照片

好像你们就在我身边

你们不要想我，等赚到钱了

就接我去深圳上学呀

你们的照片，就像一粒种子

温暖着我陪伴着我"

读到这里，我眼窝里沁出的泪水

洇透了信纸

洇透着儿子思念的种子

也浇灌着我们

南漂的梦芽

休假笔记

百灵鸟沉默的时候
一定是在养护着歌喉

春意阑珊之季
蜜蜂停止了劳作

渔夫不出船的日子
正低头修补渔网

休假宅家入定
与浮尘保持若即若离的尺度

植物密接者

整整一个下午
培土、浇水、施肥
侍弄着一株高大的天堂鸟
我像一个花农
擦拭着额头的汗珠
确信体内正分泌着多巴胺

我是植物密接者
喜欢和它们凝视、对话
就像每一株植物
都是大地的密接者
它们把繁茂的根须
深深植入土地的心脏

旅人蕉

漂泊岁月的每一次哀伤

都有悦耳的鸟鸣疗愈

行程有点疲倦了

就在莲花山那棵旅人蕉下小憩

阔大的蕉叶,遮蔽眩目的光

一会儿,乌云俯下身涂黑白昼

暴雨撑开一把把伞

茂盛的蕉叶也是一柄巨伞

粗壮的叶柄,贪婪地收集雨水

远足的旅人啊

请继续沿途的歌吟

不要担心干渴的嘴唇

在倾诉的夜晚而失语

朴 树

厌倦了尘世的风风雨雨

辞行又有所依

我是大地上的一棵朴树

是来来往往鸟儿的天空驿站

曾经许诺那些流浪的飞鸟

带给它们遮风避雨的巢

让生命的余晖

缓缓滑过圆满的树冠

延宕至最后一缕时光

梧桐山约茶记

城市眩目,让我远离一点

再远一点,静静挨着梧桐山的云雾

我脆弱的耳膜

只能承受秋虫的呢喃

以及月光奏鸣曲的和声

朋友,如果你还惦记着我的曼松茶

就步行到凌云道那棵松树下

当四喜鸟的鸣唱

一节节减弱的时候

我手中的书,大概已掉落

像一枚松果滑落树叶的缝隙

朋友,当我在藤椅上酣眠

不要惊扰我的清梦

请自行烧水、煮茶

好久不见

推开清晨的窗户

抚摸一叶芭蕉伸展的手掌

清脆的鸟鸣一遍遍

抚摸昨夜梦中的惆怅

植物和居所如此亲密

胜过你我在这座城市的疏离

我们仅隔一条滨海大道

却已好久不见

境　界

高山上的树叶喜欢什么茶
会选择不同的烘焙方式

远行还是蜗居
听命于翅膀

鹰巡视着辽阔天空
灰鹭专注于灌木丛旁的水面

榫卯工艺

老木匠轴得很
一生专注于榫卯的劳作

面对刨花，他兴奋
将影子弯于凹凸间，乐此不疲

他执着于长短、粗细和缝隙
眯紧的眼线胜似弹墨线

"所谓伊人，在水一方
溯洄从之，道阻且长
溯游从之，宛在水中央"

情网中的人，也是如此执着
只因爱情的榫卯工艺
令人如此

辑四
北回归线上

深 圳 谣

预习死亡

——参加一个文友的葬礼

天气洋溢着幸福的表情

恍惚中,参加一位友人的葬礼

一位被妻儿簇拥的男人

放下了他的爱和蓝图

在沉睡中依附永恒

犹如作家完成一大半的手稿

安静地构思着结尾

多少美好的事物等待乐器歌咏

哀乐也来自其中

抽签抽到的时刻

谁能躲过死神的眷顾

岁月终将熔化黄金般的年华

这一声黑嗓

世界返回了沉寂之途

凤凰花

初夏雨后

蛰伏一季的凤凰花满血复活

花朵的火焰漫天飞舞

淹没了商业区的尘嚣

一簇簇花朵，盛大的喜悦

足够抵冲每一位路人的小忧伤

回首的绚烂，蔓延

直至覆盖短暂一生中

幽暗的阴影部分

深圳 谣

练习歌唱

一曲曲鸟鸣，唤醒了树林中的春天

也唤醒了我的睡梦

鸟儿一边欢唱，一边训练着我

练习歌唱，叽叽喳喳说

"一张不会唱歌的嘴巴，多么无趣"

于是云雀高亢，绣眼悠扬

翠鸟在枝头独鸣，喜鹊扎堆合唱

在它们元气满满的欢唱中

我早已忘却了

尘世中还有忧愁和隐疾

一股清澈的气流，穿透俗肠

瞬间，我也加入了鸟鸣的晨曲

歌唱着美好的一天

在浓密的树冠

充盈喜悦的生命

落满了黄鹂嘤嘤的私语

养 分

鸟喙啄破了春眠
在我耳膜吹奏晨曲

卷起一本诗集
闪入荔枝林中
轻快的鸟啼,带着我哼起歌

晨光穿过斑驳的树林
树旁,环卫工清扫着落叶
留下一地碎金的光影

树叶不久埋入草丛、树根旁
在雨水和鸟粪中腐烂,化为肥料

几只鸟蹲伏在亭栏上
盯着我琢磨诗句
如根须,吸收着土壤中的养分

深圳 谣

"活着,像泥土一样持续"
——向茨维塔耶娃致敬

在万象天地诚品书店
买到一本茨维塔耶娃的《新年问候》
连忙坐在台阶上翻阅
当读到"在天空之上是我的葬礼"
这句诗,不由得惊呼起来
这本诗集太值了,只花了三十元
三十元,面对这一句诗深感愧疚

她那么卑微, 像泥土一样活着
想在作家食堂申请洗碗工,都没实现
而灵魂可以葬在天空之上
这是何等的高贵,不可企及!

季节的闺房

总是缱绻于岭南的气息
这芳香四溢的红土地
任四季魔幻般分娩花朵
她们缀饰在街道、河滨、园林和山谷
人间这奢华的修辞远胜于黄金
在时光倾泻的风雨中
抵近她们绚烂的一生

行人们纷纷出现幻觉——
这并非漂泊的旅程
是信步于天堂的前庭后院
每一朵蔷薇、芍药、玫瑰
与月夜的星光遥相呼应
层层叠叠的花冠覆盖着
尘世哀伤的低语

初夏雨后,凤凰花已渐渐萎谢
蓝色的绣球像一个梦蕾
静悄悄绽放在清晨卧室窗前
这一簇簇鲜艳的花团

深圳 谣

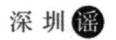

挥霍着色彩斑斓的青春

让梦想在荆棘的道路上

掀起季节闺房最香艳的衣角

献 媚

蓬蓬勃勃，大红大紫的簕杜鹃

是春季封面的主角

石斑木、紫风铃、禾雀花、火焰树等次第绽放

每一只蝴蝶都能遇见迷恋的花粉

每一位行人都会邂逅中意的花朵

每一朵花蕊都呼应着夜空的星辰

它们盛放，佐证梦境并非虚幻

尘世的每一颗惆怅之心

氤氲着花香

它们踮着脚盛放

就是伸长脖子

向春天献媚

深圳 谣

北回归线上

生活像一瓶密封罐头
被拧紧了瓶盖,有点窒息
驶来的高铁,撕开了沉闷的缝隙

如月光一样绽放的广玉兰
令我有季节错乱之感
六月烈日直射头顶
在北回归线上
终于甩脱了身影的跟随

置身滇南边陲墨江
不管太阳何时转身
隐入西岐桫椤丛林中
邂逅另一秘境的森林童话

路　途

走南闯北丈量之后
才知道世界不是圆形的
广场，而是呈现放射状
犹如星光照耀黑黢黢的夜空
再漫长的路途，前方还有一片大海
等待着征服和体验
水手和草原的骑手
同样驾驭不可知的命运
大自然的神秘，令想象折翅

当死魂灵复活，荒诞之神落荒而逃
跋涉半个世纪的风雨
被每个节气的手掌
反复抚遍全身
酷暑、大雪，奈之何
还能有什么事物
让我们再次陷入哀伤

深 圳 谣

日落时分的吟唱

时光沿着生命的抛物线缓缓滑去

夕阳如花朵，凋谢于白昼的广场

夜空星光熠熠，若失眠的眼睛

探询苍茫无垠的星宇

黑洞里堆积着虚无的影像

银河中的流星，弧光四溢

每一颗星球，漂泊都是孤独的

旋转的行星，晨昏线浮现

如神明昭示，晚霞即朝霞

在焰火般闪耀的星际之旅

在日落时分，一起吟唱

每一颗星星恒久燃烧的爱

宠物狗的耳语

养了一年多的宠物狗

时常会窜入厨房

昨夜居然窜入我的梦境

蹑手蹑脚伏在身边耳语

"我想吃红烧肉"

我说,"你吃了会有泪痕"

它执拗又撒娇地说

"我愿意,难得来人间一趟

也要尝尝舌尖上的美味"

绿　茶

父亲喜欢喝绿茶

尤其喜欢来自洞庭山的碧螺春

一边嗅着明前茶初春的气息

一边欣赏着翠绿的嫩叶

在玻璃杯中浮浮沉沉

这是父亲最惬意的时刻

父亲初来深圳那年看望孙子

想要泡一杯绿茶

就一个人跑到便利店

用家乡方言问有没有"鹿茶"

广东老板摇头说"唔该"

父亲只好悻悻回头

后来父亲适应不了异乡的生活习惯

很快就返程了

明天就是父亲节

我已准备好上等的绿茶

可是父亲已离世多年

眷 恋

总把时光虚掷在花草间
询问一朵花的名字
在一株桫椤树下踟蹰
听身边的蜜蜂爱恋的情语

或者缱绻于山水气息中
与一块石头哑语
和一道溪流对唱
"我成为大地,不再属于人类"

写给孩子

你终于跨过了黄河

向着蓝色大海启程

英吉利海峡不过是

你远航的一片甲板

高高升起风帆

朝着启明星的指引

在颠簸之中追风逐浪

海的彼岸连接着

更辽阔的云海

琥珀色的黄昏

初秋雨后的黄昏
琥珀色的天空
涂抹着莫奈长长的画板

斑鸠吟唱着梦幻色彩
流溢在树冠上的光与影

温泉中艾叶的清香
抚遍身体
每一粒细胞的焦虑

在这惬意时刻，悠悠
奔赴时光的归宿

塘朗山

塘朗山翠绿的风景
嵌入了晨曦中卧室
落地窗完美的尺寸
树林中嬉戏的鹊鸲
歌唱着四季的欢喜
舒展身躯拿起手机
一只画眉闯入镜头

鱼 鹰

地铁停靠深圳湾

我像一个潜水者,浮出地表

大步流星跨入时间广场

抢夺一个订单,此刻

恰见一只鱼鹰展翅

向着海面俯冲,迅疾

捕获了一条弹涂鱼

感谢鱼鹰带来精彩的示范

深圳谣

候 鸟

春节的鹏城,如被废弃的孤岛
人流潮水般退去,留下空空的竞技场
喧嚣的城市,终于熄灭了发动机

一群候鸟在红树林上空盘旋
它们哼哼唧唧,似乎也在抱怨
别离之苦

延宕

孩子们的笑声在迪士尼延宕
女人在美颜相机里延宕
男人在名利场延宕

阳光的尾巴在雨后的森林延宕
梦延宕在花苞萌发的身体里
时间的果实延宕在笔端

节气的歌词

翻阅的诗集

丢弃庭院一旁

紫荆花的香气弥漫

嗅觉从诗句转移到花瓣

此时枝头的朱雀

哼唱着春分节气的歌词

我支起耳朵聆听

它的修辞远远超越人类的语言

时光的山坡

倏忽,已抵近夕照之途
乌桕树上鸟鸣声
溅起湖面短促的涟漪

曾经攥得紧紧的事物
渐渐松开手

满载回忆的马车
沿着时光的山坡远去

悲欣交集的日子
消融于苍茫月色
人生不过是一个虚词

溢 出

人类不过是
时空长河中溢出的一朵朵浪花

一如夜晚无尽的苍穹
溢出了满天星光

那些拨动心弦的声音
是灵魂溢出的
恰似瀑布溢出了山涧

而可爱的天使
是肉体和爱情溢出的
远方的思乡患者
是故乡溢出的浪子

春天的庭院溢出了鸟语花香
旅途溢出了一帧帧风景
鲸鱼在海面翻腾
是大海梦中溢出的山脊

光

当夜幕低垂下来
光，摇曳生姿了

沿着栈道，飞蛾被灯光牵引
飞舞在半明半暗的河畔

青蛙隐匿在灌木丛中
彩排着合唱晚会

背景音乐从草坪上浮起
笼罩着漫步者的身影

他们活动着四肢
仿佛分解每一个音节

风吹拂栀子花的芳香
与她们舒展的灵魂相遇
夜是一头黑色的乳牛
请轻轻走近
她正在，静心孕育着光

热　爱

热爱烈焰蒸腾的城市

热爱蛋黄般浮起的黎明

热爱天鹅湖的微风荡漾

热爱树林中众鸟的乐园

热爱火焰树树冠上燃烧的火焰

热爱岭南山脉流淌到溪涧的泉水

热爱草原上野马撒欢的鬃毛

热爱白雪覆盖的尘世

热爱上帝在石头心脏画下的杰作

热爱簇新的一天铺展的空白之页

热爱每条皱褶里深藏的时光

蓝 图

建筑师每当经过深南大道

成就感在脸上荡漾

这些林立的高楼

都曾经出现在

他绘制的蓝图里

移民通过城市入口时

也怀揣五彩斑斓的蓝图

垒筑自己的梦想

和建筑师、地产商一样

他们也存在烂尾楼

深圳 谣

行李中有故乡的冬天

母亲还是和往年一样执拗
非要在我的行李箱中
塞上一把青菜，一块咸肉
一边还说
"这个青菜是霜打过的，甜
这个咸肉是雪天里腌的，香
深圳天热，吃不到冬天的味道"
我只有带上飞机

当双脚踏上深圳的地面
热浪扑面而来
我触摸着行李中的霜和雪
心中一阵窃喜，在深圳
我拥有故乡局部的冬天

不稂不莠

房贷、信用卡、小额贷的短信接踵而至
一天天损耗着身心
楼下,一条大沙河生态长廊
贯穿了深南和滨海大道
跨过天桥的东端
就抵达了尘世的缓冲地带
可以放足、钓鱼
听一群蛙,哼唱民谣
并辨认各种植物
其中有狼尾巴草和狗尾巴草
散步的人们,在晚风中
在稂莠之间摇摆

辑五
灵魂的邮筒

深圳谣

样板房

我理想中的样板房有双阳台
南北通透，方便风和阳光涌入
厨房空间也要够大
洗菜、切菜、摆盘，足够腾挪
厨房和餐厅是安顿胃的区域
尺度一定要舒展
如果有吧台，煮上一壶手磨咖啡
抵消油烟味
餐毕，可移步于庭院，或露台
赏花、品茗，慢慢滋养精神

无论是蓝楹湾，还是天鹅堡
也不管是简欧，还是中国风
至少需要两个房间
一间卧室，照料你的睡梦
一间书房，负责过滤你灵魂的清澈

轻盈的机翼

航班在雨天延误,偌大的候机厅
来回晃动着旅客的落寞

星巴克咖啡馆,舒缓的音乐搅拌着咖啡香
烘焙着被耽搁的溢出的时间
延误的航班,一如延误的人生
搁浅在身心疲惫的中年

我们欲脱离束缚
恰似飞机发动了引擎,挣脱于
停机坪,其实人远不如一只云雀
当它厌倦了天空的飞翔
也会委身于水草的丰美

而沉重的肉体,唯有匍行于大地
堆积着太多的叹息,灵魂的羽毛

也落满了浮尘,让雨水冲刷混浊的生命
轻盈如通透的雨水
如这高空中,穿过层层云雾的机翼

深圳 谣

黄灿然先生印象

当看见黄灿然的名字时
心想一名诗人，怎么会灿然

在物质至上的城市
眉头一定处于紧蹙状态
昨晚，在华侨城诗歌朗诵会上
见到了黄灿然先生
黑色棒球帽压在头顶
阻挡着岁月急促的脚步
手指间燃烧着雪茄
似乎在酝酿一句好诗

主持朗诵时，笑容沿着他
脸上的道道皱褶溢出
一阵阵笑声
传染了每位听众的神经
他惬意的灵魂
在镜片后闪烁
听众们荡漾在诗境中依依不舍离去
黄先生灿然其中

辑五 灵魂的邮筒

鸟的欢腾

直升机一路向东缓缓升空

反复旋转的螺旋桨

试听着天空中的混响效果

仿佛是美好一天交响乐的序曲

铁鸟轰然的巨鸣

掠过四十五层卧室的落地窗

震脱了粘连在床上的梦魇

视野在瞬间

跃入了果岭的早晨

水洼间的紫荆树迎风摇曳

几只凤凰鸟欢腾起舞

那被一团团云朵遮蔽的忧伤

在羽翼的扑闪下

不见了踪影

深 圳 谣

紫花风铃木

一株株紫花风铃木

如喷涂了颜料般艳丽

我不得不停下匆忙的脚步

陷入她的花团锦簇

这妩媚至极的花枝

簇拥着我的身体

完全遮蔽了内心的荫翳

风铃般的花朵，填满我的鼻孔

吮吸着芳香，体内的浊气也一扫而空

貌若天仙的花树

喷溅着初春最浓烈的色汁

向着大地和天空傲然绽放

并以怜悯的神情注视着我衰老的脸：

"我们叶子黄了，可以返青

花朵凋谢了，还有轮回"

灵魂的邮筒

云朵是天空的一封信
灵魂的邮筒又安置在何处

五月的菠萝树流着蜜
沉甸甸的果实拉低了天幕

真实和虚无没有界线
仿佛海天一色的湾区

芦苇在晚风中舒展身躯
摇曳着喜悦和忧伤

星光四溅的夜晚
一片落叶,如梦之一角
被岁月的手掌,轻轻托住

深圳谣

茶 语

尘缘渐远，只与茶语
静坐茶室，茶香氤氲
仿佛置身于云雾缭绕的
布朗山、困鹿山、景迈山

这小小的茶室
在缕缕茶气中攀升了海拔高度
周身被漫山遍野的茶树簇拥
浓酽的茶香
驱散了我体内的浊气

这透亮的茶汤，浸泡的下午时光
已迷失了返回俗世的路径
过滤后的灵魂，分泌出
松针的木质香

慢物质

时光的缆车

穿越至东晋城墙遗址下

停靠在南头古城

抚摸一块块苔痕斑斑的古砖

嗅到了腐烂的太阳气息

老榕树遮天蔽日

巷道纵横，人群松散

慢物质元素聚集

那些赤膊的装修工人

努力把古城翻新

依然拨不快

旧城墙岁月缓慢的时针

去那家黑胶唱片店坐一会儿吧

在慵懒的布鲁斯旋律中

把坚硬的骨头浸酥

生活太紧张了，透过时光的缝隙

好好打量一下茫然的自己

下一站去向何方

辑五 灵魂的邮筒

中草药

生病之后
我从中药中认识了很多植物
知母、五味子、紫背天葵、雪上一枝蒿，等等
它们的名字，让我吮吸到
不同植物的香气
呈现它们生长的山脉与气候
我的病症和植物的纬度相等
我们一起承受日照
和不旱不涝的降雨量
我早晚喝一碗中药
完全忘记了药味
这植物蒸腾的琼浆
把我淹没在
深山老林中

糯米和糙米

妻子读着诗人的作品

频频点头,语言确实不错

转过头责问诗人

你写的诗句如此优美

生活中为何频频使用语言暴力

诗人愕然,知道自己的坏脾气

也许只是下意识的表达

像刺猬一样刺伤了最近最亲的人

妻子激动地说

请用你的诗歌语言和我对话

不能总是让你的读者,享用糯米

而让你身边的人,吞咽糙米

深圳 谣

大理石的光芒

你消逝了,如大理石的光芒漫过星辰
肉体和记忆,在荒草中湮灭
一生似萤火虫闪过
碑文任由时光雕刻
总有词语能象征你度过的岁月
一如虚构的童话被摧毁
此刻逃逸在二十四节气之外
孤眠于尘世庭院的夕照

通往天堂的斜坡上
你与大理石中的一行诗比邻
一束光,哪怕是最暗的一颗星
梦幻的银河绽放的灵魂
匆匆掠过人间
这生命短短的刻度
早已被死神盯视、标记
却不能填满浩渺的苍穹之一角

时间简史中的微生物

我在时间简史中

添加了白发和皱纹

依然裹挟着少年之心

苍老的只是容颜

时间之足,请如蜗牛一样爬行

隐匿在光的身后

我是时间简史中被忽略的微生物

尚存一丝律动

当时光的箭头,不可逆转滑向黑洞

就翻完了简史最后一行

请轻轻折叠起

我在人间的背影

深 圳 谣

啄

我在黑暗世界里

以滴水穿石的毅力

不停地啄着卵壳

却不能赢得太阳的光辉

隐匿的神鸟啊,何时

探出你的灵喙

啄破,这阻隔光芒的硬壳

辑五 灵魂的邮筒

别　辞

深秋，在尘世的边界

踏上了一艘邮轮

在太平洋上，写下告别辞

把忧郁和纷扰抛入海中

化作一朵朵浪花

去咬啮那些暗礁吧

现在，请将一位男低音的歌吟

汇入大海交响曲

一粒小小的音符

也曾在梦幻的凡尘

谱写过生命的悲喜

看，浪脊上他的灵魂正在跃腾

深圳谣

和　解

三年前，肿瘤君盯上了我
沉默不语掩盖不了焦虑漫延
医生建议尽快手术
情急之下，向一位疗愈师寻求能量援助
她说，每个病症都是和事物没有相应的和解

也许是我欲念太多
也许是我过于急躁
负面情绪淤塞了肌体深层
那就立即放下
与万物和解吧
也不要再惦记
肿瘤君是否会放过我

鸟的探望

病房前面一排窗

正对着一片小树林

清晨,一群鸟往返于林间

在茂密的枝头,低声吟唱

有时有一两只小鸟

会飞临窗前

盯着我被纱布包裹的身体

叽叽喳喳,打探着

又似乎在炫耀它们的自由和健康

在鸟鸣的晨曲

日复一日的探望和疗伤中

我的伤口渐渐愈合,出院那天

我想不久,就要重返这片小树林

探望一下这些曾经鼓励我的鸟

看看它们是不是

别来无恙

深圳谣

大海的葬礼

邮轮在公海上漂浮

大海的怀抱多么温存

它的气息咏叹着

小夜曲的每一个音节

在这恬静的呼吸中

死亡的火焰燃起

大海默默准备好了葬礼

"在这样的大海里沉落

何尝不是一种安慰"

锔　瓷

一件润白的元青花

于不可测的时间，碎成瓷片

惶恐中，不甘沦为废品

一如手术后的身躯

冀望缝补和岁月深情的喂养

在爱的原浆中

治愈伤口和沮丧

每一天的嘴唇

沾满了奶粉的香气

如碎瓷遇到了金灿灿的锔钉

涂满了新釉

这薄霜一样易碎的时光

得到了谁的庇护，默默

接受了残缺和无常之美

深圳谣

书生速写

读书之外

不与人往

六根清净

时常冥想

偶尔探望花鸟

吟山啸海

闲置的一生

偌大片留白的山水画

唯有几行诗

落款

蕲春赤龙湖

湖泊与江河为邻
翠景和梦境交界
何仙姑在玉珠岛洗脚
仙气笼罩蕲春之南

柳树临岸随风舞蹈
银杏矗立秋空庭院遐思
白鹳漫步于艾草湿地
鲫鱼跳跃在水面

远处的大别山
引领着湖水的流向
灵魂的翅膀
掠过菖蒲掠过一枝黄花

漂浮着云朵的赤龙湖
是散落在大地上的珍珠
每一滴水珠晶莹通透
洞悉了鱼和鸟的欢歌

新六一居士

人到中年

喜欢在生命的后花园溜达

一丛兰

一壶茶

一册帖

一卷书

一匹跋涉远方的马

还有一条

连接世界的网线

足矣

弯曲的灵魂

暴风雨中,许多树

弯曲着身躯,避免

被雷电和狂风击倒

匆匆经过人间的灵魂

也模仿着树,惊慌中的弯曲

这恰到好处的弧度

多么像彩虹,弯曲地降临

又如一座佝偻着腰的石桥

深圳谣

时间的齿轮

城市猎人穿梭在深南大道

像经纬线编织着每个日子

忙碌的焦距瞄准了客户

每一个项目每一个订单

关注业绩和股票同步上涨

这么多年的奔跑

忽略了欢乐谷、世界之窗、园博园等风景线

现在，时间的齿轮终于松懈了

翻篇到悠闲之页

牵着一只柯基，溜达在深南大道

路过这华灯初上的夜晚

这红尘客栈有太多的风景

尚未浏览

在尘世，从万物中提纯所有的美

覆盖莫名的哀愁

诗 味

路过高新园闹市区
年尾了，到处散发着年味
驻足一家乌鸦咖啡店门前
有个女孩正在促销板上写着
"乌鸦不是喜鹊的反义词
正如冬天并非春天的背面"
看到这，心里如春潮涌动
在这两千万人口的城市
大家都在忙着收账、买年货
此刻，有个女孩在闹市区写诗
一股淡淡的诗味，如奶油
渗入了我的黑咖啡

深圳谣

石材词汇装饰着城市客厅

当我经过城市的音乐厅

看到那五色的石材外墙

当我从宝安机场出行

踏入大厅铮亮的石材地面

不由得自豪感泛滥

深漂二十年

回首艰难岁月

我搬运着无数片石材的光泽

搬运着规划师和建筑师的梦想

一一垒砌在这些地标建筑里

垒砌在城市的光荣塔尖上

现在,我漫步优雅的城市客厅

心醉于流光溢彩的风景线

面对深圳的黄金时代

我的豪情,如飞出瓶塞的香槟酒

溢出头顶

溢出所有石材奢华的修辞

当 归

近日浅睡易醒

医生把脉后

诊断为气阴两虚不寐症

遂开出几剂中药方

其中有茯苓、玄参、当归等

此时临近春节尚有十余日

"人有生老三千疾,唯有思念不可医"

遥对两千公里之外的故乡

浮现出垂暮之年的母亲

喃喃自语:当归,当归

大 寒

时光如清澈见底的水缸
伸手触摸到刺骨的寒气

寒冬就是季节的封底
恰似悲伤之河对岸站着希望

大自然的韵律深藏于节气
暗合着人类生命的密码

无须叹息和惆怅,我们和雪花
都是岁月不息旋转的耗材

陶　瓷

家乡偏北，异乡正南

相距二千公里，阔别二十年

北为枳，南成橘

二十年前是粗粝之陶

二十年后是涂满新釉的瓷

银色的月光，是铺展在空中的桥梁

一端是踌躇满志的少年

一端是头发花白的中年

深 圳 谣

杭城游记

沉迷于路途的风景和花妖

已把杭城当故乡

湖光山色的天堂

契合舒展的灵魂

唯有灵隐寺没有踏足

贪恋这花红柳绿的俗尘

暂无归隐之念

君可知，那西泠桥畔

徘徊着苏小小楚楚的身影

辑六

深圳谣

深圳谣

迁 移

辗转至深圳,被它牵引

户口随之迁移

气候也迁移到亚热带

视野从平原迁移于山海

维度迁移至一线城市

阅读携带灵魂飞翔

梦想迁移出窄门

时间在运转中,迁移着万物

迁移着每一粒尘埃的命运

高新园的灰鸽子

汹涌的人流
从四面八方注满
高新园地铁站

出口和入口
像顺流和逆流中拥挤的鱼群

随着电梯浮出地表
他们通向林立的写字楼
梦想的孵化基地

一只只灰鸽子日夜
盘旋在巨大的广告牌上

深圳谣

时间城堡的最前沿

从南海大道拐进时间广场

沿着望海路到达陆地的尽头

在时间城堡的最前沿——蛇口

挥舞着时间的大旗

广场的迷宫和霓虹灯中的幻象叠加

蒙蒙细雨洗净了蒙尘之心

依然会接纳被时间离弃的梦想

生命在惊涛骇浪之间翻滚

虚构的城堡消失之前

击掌致谢时间的恩赐和点悟

那分分秒秒的记忆

穿透了每一个黎明和日落

萨克斯旋律契合着喉间的音符

漫步在积木般的时间广场

迷失自己幸福的今昔

夜幕是慢慢闭合的窗帘

让我们成为沉入梦境的一只睡鸟

灯 柱

黑夜浸染白日
所有灯盏吹起了集结号
灯光染白了夜的额头

高高的灯杆悬挂着小太阳
每家窗户放射出暖巢之色
灯火填满忧伤的胸膛

写字楼的灯,照亮白日倦怠
浓缩咖啡掀起了头脑风暴
夜的隧道里火花四溅
如比特币碰撞着黄金

地下隧道的盾构机滑翔
向狭窄的城市索取空间
一束束灯柱
仿佛是耀眼的助推器

深圳谣

像黑嘴鸥一样滑翔

鱼跃鸟舞

闯入我的镜头

一群白鹭聚会在岸边

讨论着霜降后

秋天的去向

树林中的鸟鸣

稀释了尘世的噪声

迎风飘荡的无忧花

在阳光照耀下通透明亮

我骑着单车

从大沙河穿越到深圳湾

敞开的上衣被海风吹拂

模拟着黑嘴鸥张开的双翼

滑翔在林荫小道

雨水（之一）

春雷在远处的云层滚动

召唤着雨水，润泽万物

不遗漏一草一木

大地在草尖上苏醒

蛰伏已久的蚯蚓，向往春天

也拱出了泥膏

季节在淅淅沥沥的雨水中怀春

春天裹挟着青草的气息扑鼻而来

染绿了一只芙蓉鸟的羽毛

扑闪着春光

几只小蜜蜂，逗留在花萼

迷恋于春日的闺房

雨水（之二）

雨水如期而至

如赴千年之盟约

这柔情蜜意的身躯

浸酥了每一棵植物的内心

轻轻打湿了花苞的梦

多彩的城市广场

每个人都穿着梦的衣裳

哪怕你再平凡

也会有一只报春鸟

飞临清晨明亮的窗口

雨水洗涤山河的春容

浇淋着绿意点点的土地

所有的念头都会抽芽

天和地的心语相融

脉脉含情，浸润万物

旧碟片

我要卖掉这部

跋涉了十几年的越野车

故障灯,一直伴随我提心吊胆的行程

我要尽快处理掉这部老车

可是,当我插入旧碟片

陶醉在《加州旅馆》迷幻的旋律中

就打消了主意

新车不再配置车载音响

这张来自旧天堂的 CD 岂能尘封

这台 SUV 匹配着老鹰乐队

匹配着它迷茫而兴奋的歌词

"我们天生受到诱惑

却永远无法挣脱"

这部破旧的越野车

它的引擎轰鸣着摇滚的灵魂

深 圳 谣

灵魂的书香

坐在深圳书城阶梯上读书
时间是静止的
仿佛停留在青春驿站

乘坐高铁从深圳到新疆
时间飞速疾驰
瞬间跨越了中年

从地球的轨道到达苍穹
人生的路途步入永恒黑夜
尘世的行囊空空如也

唯有天空的轻羽毛
称出了灵魂的书香

白玉兰

我踏入故乡大地时

春分已开启

残雪消融,回到泥土和河流

疾驰而过的马路上

恍惚看见一簇簇积雪

伏在一丛丛树枝间

宛若寒冬遗落的一双双纯白棉手套

走近一看

原来是一朵朵白玉兰怒放

一股清香扑鼻

抚慰着我

与冬雪擦肩而过的失落

年　货

快过年了

大家都各自准备年货

儿子在三十日收到京东

订购的包裹

妻子在年尾最后一节

收到拼多多的包裹

初一那天

我收到来自湘西的快递

不是腊肉

是一本刘年的诗集

尘 光

早晨,上班的人流

像广场的喷泉,被谁

按动了按钮,四处散溢在

溪流般的道路中

飞珠溅玉的人群

落在大地的每一处空间

太阳临空照耀

折射出七彩光芒

泛起一道道尘光

深 圳 谣

深南大道的甲板

深南大道是超长的甲板

高耸的大厦像叠加的桅杆

车流在甲板上晨光四溢

桅杆上的风帆飘移如云彩

春意盎然的大地

被季节的手掌一寸寸推动

波浪一般,一波接一波

涌向梦想之岸

致 歉

一场暴雨把我截留在亚朵酒店

随手翻一下大堂书架

与辛波丝卡诗人邂逅

在这时间的低洼处

匆忙的脚步终于摆脱了

时针严苛的束缚

一边品咖啡，一边读辛波丝卡

询问她为何拥有了旧爱

依然不能拒绝新欢

并向被失约的人

和忽略的万物致歉

为我口中的摩卡向在灾难中呻吟的人致歉

辑六 深圳谣

深圳谣

雪花的六个方向

雨来自乌云聚集层
雾是水汽迷失后的执念
白露和霜降对应的是
秋色一层层的加深

小寒大寒催生了雪
雪花拥有六个方向
其一是以轻盈的手掌
寄出了早春将至的信笺

天空没有栅栏

大坝拦住了汹涌的长江
山峦阻隔了平原的豪情
沼泽，令野马停滞不前
昆虫遇上了蜘蛛网
黑夜中一堵墙
拒绝美梦入侵

大地上有太多的羁绊
不如插上翅膀
和雄鹰一起穿越云层
天空没有栅栏
谁能阻挡你
在蓝天的床单上撒野

深圳 谣

墓碑的订单

接到一批花岗岩墓碑的订单

他们喜欢用铮亮的石头

包装他们的生命

在坚硬的花岗岩上

刻下他们的名字和身份

延续他们的足迹和荣光

多年以后,我也告别了这寄身之所

我不需要墓碑

更不屑与泥土为伴

把我的尸骨葬入

没有边界的大海吧

让灵魂畅泳

梧桐山离红尘大约几公里

一

从泰山涧爬上好汉坡
最终穿越梧桐天池
时光也在不声不响中
穿越了我汗淋淋的身体

二

停留在半山腰的松树下
是初冬的下午
寻觅着松鼠的身影
长长的尾巴难以触摸
却在斑驳的叶缝间
摸到了夏季阳光的尾巴

三

一片乌云飘过山林的头顶
一阵雨滑过树叶落下
雨水和汗水融于一身
山中天气,说翻脸就翻脸

四

终于登临山顶
山峰托起了气喘吁吁的我
绵延的树冠托起了云朵
即使我踮着脚
手掌也只是
挥舞在树冠和云朵之间

五

沐浴着霞光下山

净手、泡茶、觅食

穿过簕杜鹃覆盖的

三味蔬食馆

从口腔到腹腔溢满了

负离子和素食的清甜

六

梧桐山离红尘大约几公里

我很快步入山林的内核

端坐于石梯上

与天地之肺相呼相吸

与纷扰的闹市相和相融

深圳谣

七

顺着溪涧绿色小道

清澈的湖水依偎在山脚下

仿佛是山泉短暂的静卧

湖水和天空交叉的倒影

虚拟了灵魂的容器

八

傍晚歇脚于民宿

大益古树普洱耐泡

直至月亮打盹

半夜醒来

山景掠过梦境

诗意如浓酽的茶渗入睡眠

九

沙湾路一端热焰蒸腾

另一端望桐路云蒸霞蔚

大望桥两侧，静动相间

出世和入世随意切换

十

回到灯火阑珊的尘世

像一条离开海水的鱼

喘息在沙滩

中医说，血液缺氧

需要到山林打坐

唯有重返山途

回到植物和溪流身边

上升为雾

下坠为叶

深圳谣

装修工

华润城工地的装修工

当他们身着橘黄色工服

背着工具走过斑马线时

多么像一幅刚泼满颜料的油画

他们总是蹲在路边吃盒饭

以方言交流着城乡差别

有的工友拿手机和亲友视频

炫耀着他们装修中的摩天高楼

他们强壮的肌肉和汗水

早已成为建材的一部分

构筑了图纸完美的空间

他们是工地天天打卡的主角

三个月后业主入伙

这美轮美奂的花园

而耀眼如油彩的工友们

连同高高的脚手架一起消失了

冬至南头古城

南头古城梦游般降临在
人流喧嚣的当代街区
如臆想飘浮于睡眠的软壳之上
冬至凛冽，火焰树的花朵高举
总有一些事物逆流而动

川流不息的脚步
覆盖了古城的残垣断壁
季节更深处的心事
孕育着春天的嫩芽

从阴悒的房间走出来
邻街的咖啡店装扮节日
寒流一波波席卷而来
也挡不住紫花风铃木奔放的热情
温暖——衣不蔽体的天空

深 圳 谣

词汇一样的集装箱堆积盐田港

沉醉于大鹏湾的怀抱
岸吊林立,无数货轮虚怀以待

盐田港,拥有世界上
吨位最强大的胃
每日吞吐亿万集装箱

头脑词汇的仓储狭小
与码头堆场容量无法匹配
唯有在太平洋上抒发豪情

从旧金山湾到鹿特丹港
驶来一张张欲望表情
如繁荣的浮标
被深港的喜悦一箱一箱填满

沙 丘

天空中翱翔的雄鹰

追逐着蓝天无边无际的旷野

沙丘是岁月凝固的标本

埋葬着马匹的远方之梦

胡杨和千岁兰倔强种植

希望，在沙丘之上

骆驼沉默不语，背负着

域外货物及耐心

沙丘千年之前，也是繁华街市

干涸的河道散落着

兀自闪耀的黄金和誓言

沙虫依然生机勃勃

呼唤狂风暴雨

篡改历史的秩序

君王的尊严封存在墓冢

石碑废弃于荒野的寺庙

深圳谣

引 擎

脚趾紧扣大地
逶迤的旅途至少需要
十个抓手

手臂挥向天空
从花朵到星辰
手指紧紧攀缘着云梯

天地辽阔
总在手脚掌控的区域
梦想是不朽的引擎

丝绸般的大沙河

从阳台山淙淙流入

深圳湾的怀抱

两岸葱茏的树木

摇撼着春光

池鹭和野鸭在河面嬉戏

紫花风铃树下拥抱的情侣

交换着甜言蜜语

这丝绸般透亮的河水

在绿植簇拥下摇曳生情

放足河岸,哼着民谣

每一个异乡人都会在每一株

狼尾巴草、毛冠草、芦苇、菖蒲中

捡拾到一片故乡的记忆

大沙河

阳光下闪耀的丝绸般的河流

散发着故乡体温的气息

深 圳 谣

鲲鹏径远足
——献给深圳的麦理浩径

不要为在高楼丛林间的迷失而怅叹

带上装备,借助鹏城的引擎

沿着莲花山脉的翠绿阳台

从凤凰山到七娘山起伏的山脊线

一路跨越在

山岭、湖泊、溪涧、森林和郊野公园

留下你淋漓的汗水及咏叹

赤脚走在细软的沙滩上

回到东部海岸线城市的后院

看白云在蓝丝绸上飘移

看海鸥和座头鲸亲吻

蓄积了天地灵动的能量

无数只鸟,在山海连城之间

扑闪着羽翼之光

重阳凤凰山登高

时光的脚步深深浅浅
逗留在菊花绽放之季

重阳之日登高
与一棵朱槿树相遇在凤凰山
踱步林荫之中
即使在山顶,亦卑如蝼蚁

天地之间,神灵无踪影
山巅之上,伸出的手掌和枝杈
如悬崖边的天梯
通向庙宇茫茫

辑七

荒料

深圳 谣

时光的淬炼

一生昙花一现
一生漫长如绵延的沙滩
黄金般的时光转瞬即逝
错过了帝王的权杖
错过了李白的诗酒

逃脱自身禁锢之栏吧
在时光的淬炼中，完成从铁到钢的转换
接受远方黑夜中灯光的召唤
喑哑的歌声会从琴弦上飞扬
枯萎的花朵也会在浩荡的春风中复活
消逝的天空，一只鸟衔着灵魂轻轻穿越

框

你戴着无框眼镜

温暖的笑意荡漾着

大海无框的胸怀

漂浮着自由的风帆

骏马驰骋在草原

沉迷在青草地无框的绿

深圳谣

书　房

摆脱了俗世的羁绊之轮

着手构筑书房

最终要抵足心灵的家园

每一本书，都是拾级而上的踏步

在大地上匍行的日子

忽略了银河灿烂的照耀

书房拥有多条阳光小径

通往天堂隐秘的斜坡

这天穹仰望的风景

为辜负人间的年华而惆怅

书桌上，一张透亮的雪花白大理石

照见污浊不堪的灵魂

沉迷书房，寻觅着书页间

曾经失散的星星和歌谣

不徐不疾攀缘着柔软的天梯

蜕下了肉体沉重的壳

公寓和公墓

公寓和公墓在城市空间

反方向不断生长

一个插入天空

一个掘进泥土

凸处容纳身体

凹处收纳灵魂

深圳谣

白围巾

二十余载的光阴飘逝

漂泊者已把故乡置换成异乡

畅饮喜悦,遥望故乡

总有一缕炊烟温暖升起

像一条白围巾,飘浮在

故乡的屋顶,缠绕着

母亲皱褶纵横的脖子

辑七 荒料

奔 赴

颠簸在时空弯曲的旅途

欲望的引力渐渐丧失

一只蚂蚁或者一位国王

都会像一块陨石陨落

不如陷入鸟语花香的庭院

在一壶清茶旁停下脚步

谛听生命之和弦

弹奏四季轮回

造物主啊

带给你热焰蒸腾的人间

也会让你一路奔赴

永恒的寂静之湖

深圳谣

坐 骑

既然立足于大地之上
哪怕是一株向日葵
也要结满阳光的种子

既然能仰望璀璨星空
就不要选择那颗
最黯淡的星星为坐骑

一间房

一间房，集茶室与书房于一体

茶桌上紫泥壶泡岩茶和熟普

朱泥壶专泡红茶

段泥壶泡老白茶

家乡的碧螺春就用玻璃杯

书桌上圆珠笔写随想随感

铅笔记取灵感乍现

钢笔写日记和诗，毛笔习字

金笔只负责在至暗时刻

挖掘真理

深圳谣

无花果和无果花

无花果就是太阳果

果孕育于花的子房

叶底藏花,花开芯里

果壳里燃烧着火焰

绒毛状的花朵

是甘甜的果粒也是爱的誓言

果核内深埋日月之恋

无果花遍地绚烂

花托高举着花冠

引得蝶来蜂往

迷失的花粉何处安家

飞鸟是天使的信使

告诉它,并非所有的花簇

都会拥有果园敞开芬芳的怀抱

石头人生

坯料、半成品、成品、极品
石头多么像一个人成长的流程
而有些人,精心打磨后
依旧琢面混沌,难成器

人确实有时不如一块石头的品质
再优品的人,也会融入泥土
石头的墓碑却散发着光泽
在被岁月摧毁的尽头
铸造他的魂

深圳谣

《廊桥遗梦》读后感

闪亮钻戒的重量

难以抵消短暂欢愉的甜蜜

四天的邂逅覆盖了漫长的婚姻

纵使千山万水的美景

又怎能与刻骨铭心的爱

置于同一个天平

风华绝代的容颜和肉体

如果没有承载过魂牵梦萦的爱人

那也只是一具庸常的躯壳

在岁月的胶原蛋白流失之前

赴一场深入骨髓的私约

也许虚渺的灵魂

才会烙上罗曼蒂克永恒的回忆

那廊桥不过是美梦的遗址

无 言

子规不再鸣叫
因为它已迁徙北方

不要抱怨我的沉默
尚未遇见澎湃之人

不要哀叹月光晦暗
那是被乌云暂时囚禁

不要嫌弃海浪脚步迟疑
且看潮汐涨潮之时

深 圳 谣

荒 料

荒料抖落身上的积尘

冲刷苔痕和冷眼

终于在咣当咣当声中,开锯了

研磨、抛光、切割,这一道道加工

如一个人接受了,一层层悉心培养

从鸿蒙状态脱胎为奢石

惊艳的纹理,石破天惊

当初闲置在石料堆场的角落

灰头土脸的荒料

坚信内心的光芒

不会被尘世的风沙遮蔽

唯有在废弃中默默等待被发现

现在登堂入室的荣耀

抵消了所有岁月闲置的落寞

忐忑

母亲一场突发疾病
把在外省谋生多年的儿女
召唤到病房

失去老伴的母亲
血糖刚降低点
爬楼梯又摔伤了腿
现在胸腔积水晕倒了

母亲醒来看到儿女围在身边
早已忘却了病症的折磨
脸上堆积着笑容
庆幸自己生了病

深圳 谣

我们总把孩子当作心头肉

却为何忽视了母亲

母亲是鸡肋吗

孩子是眼珠

母亲只是大眼袋

我们习惯溺爱于下

而疏于上孝

荠菜春卷

大雪节气尾声了
陪妻子去菜市场
她半斤八两挑选着
我在蔬菜摊位一一指认
母亲时常脱口而出的蔬菜
马齿苋、雪里蕻、茼蒿、芫荽
这些拥有古意名称的植物
是餐桌上素菜的常客
一直保存在记忆的味蕾中

现在母亲去世了,唉
今年春节再也不会吃到
母亲亲手包的荠菜春卷了

深圳 谣

月光如雪

月光似洁白的轻纱

笼在夜空

人间污浊,提炼不了

如此纯白之色

唯有寒冬之雪

可以模拟这耀眼的白

这令心灵颤动的白

雪,如履薄冰

小心翼翼粉刷着大地

她知道自己,只是一个幻象

和上帝的誓言一样

不能消解所有的灾难和罪恶

雪,呼应着头顶的月光

不过是一幕虚拟的

尘世童话

水库钓鱼记

大峡谷云门山
是大地昂起的头颅
山崖上野菊花兀自绽放

几只小蜜蜂在花蕊上忙碌
群山缠绕着静谧的湖水
描摹天空触手可及之蓝

礁石上的渔夫
奋力抛撒长长的渔线
如夕阳坠落的轨迹

在一支支烟的悠然中
等待青鱼跃起亢奋
咬紧脆螺的梦幻之钩

被死死咬住,无数涌现的
时光垂钓者的诱饵

深圳 谣

襄州书生张继

千年古寺在岁月中生机勃勃

钟声幽幽回旋耳畔

枫桥的码头拓影于运河

高耸的佛塔和观音峰

像灵魂的经幡

又如寒山和拾得和合二仙

化解了香客无数之恼

江枫飘曳着羁旅之离愁

迎来了襄州书生张继

点点渔火抚慰落魄之心

月光融于满天霜

乌啼孤舟胜快马

不如将仕途失意的一生

泊在这江南烟雨秋色中

天堂就在广场附近

人们总是为生计在大地上奔波

飞翔的鸽子为了食物

也会逗留在行人的手掌

它们更多听从于鸽哨的呼唤

翻飞在屋檐、树梢和天空

这浩大旋风般的翱翔

搅动了空中荡漾的气波

沉甸甸的身体不再轻易坠落

贴着大地飞翔

多么令人心生喜悦

天使一般欢乐的鸽群

带给众生神的秘示

迎着花树缝隙里的阳光飞舞

不要再四顾茫茫

天堂离沸腾的广场

区间不足三百米

深圳 谣

归　零

地铁站口徘徊的身影
不知在几号线转站
地面上发生了许多新鲜的事

陆地像岛屿在海洋上漂浮
地球如小孩吹出的肥皂泡
飘浮在时光的穹顶

数学之美在于无数叠加之后归零
唯有虚怀若谷的零
才可容纳驿动的心

辑七 荒料

绿色囚徒

从华强北返身东湖
尘嚣之声于林荫小道逃逸
鸟鸣如清脆的琴键挂在树梢
野鸭荡开涟漪,拨弄桥的倒影
落羽杉和水杉站立湖畔无言
接受阳光金色激情的涂染

一阵阵风吹过茂密的树林
它不摇不曳不声不响
正心平气和聆听
每一片叶脉欣慰的呢喃
 "我们是大自然怀中沉醉的
永恒的绿色囚徒"

深圳谣

春正在分娩

寒风挥舞着季节的令旗
一派肃杀之气

枯草丛中,一缕缕春风穿过
蚯蚓蠕动,感受到泥膏的松软

河面的冰层和早春相逢
渐渐融化坚硬之心

柳树上的燕子冲破了
凛冽的栅栏
叩开了二月的窗扉,鸣唱

洁白的白玉兰即使身染雪白
分娩的花朵也裹挟着温馨

冬和春并不排斥
这绿茸茸毛茸茸的春
正脱胎于隆冬深藏的子宫

一位艺术家的素描

他从山村叩敲城市的门扉
一直徘徊在城市的边缘
他横冲直撞,本色出演
脸庞杂草丛生,沟壑纵横
始终未能与城市水乳交融

他渴望返回山村的简陋和纯朴
只是庄稼及乡亲都已陌生
一如金钱冷漠的表情
在城乡的夹缝中奔波
他胡须疯长,梦想凋残
像一位艺术家的炭笔素描

深圳谣

神农架

一条蜿蜒而下的香溪河
穿过危崖叠石的缝隙
哗啦啦的流水步伐
惊醒了昭君当年出塞的梦

两岸重峦叠嶂，秋风吹拂
银桂树细碎的花香
蜻蜓在鹅掌楸的枝头揣摩着
醉鱼草被雨淋湿的心事

澄澈的天空倒映在河面
光滑的石子如纯净的尘心
琼花枝头和秋英花瓣上
黄腹山雀来回跳跃

神农顶被云雾吞没，野人和金丝猴
在箭竹林追逐原始的梦
目光抚摩大地耸起的背脊
氤氲的云雾护佑着神农的百草

辑八

鸟的维度

天文台

高高隆起的山脉

曾经是深海中喷发的熔岩

地球转动

星特朗望远镜期待升级维度

一粒微尘在宇宙的溜冰场旋转

被冷眼被忽略

即使承载八十亿人类

也如一只只蚂蚁出没树丛

漫天的星辰啊

抵挡不住黑洞引力的吞噬

山崩地裂不过是一次

天宇轻微地咳嗽

冰河世纪只是偶然的脱轨

像一片陨石飞落天外

暗黑社区终会是星光的领地

席卷着生命的狂喜和哀叹

博尔赫斯小传

生于布宜诺斯艾利斯

葬于日内瓦

一面是反对庇隆政权的斗士

一面接受皮诺切特独裁者的勋章

拥有八十万册书籍天堂般的图书馆

同时备受黑暗捉弄

他模糊了历史、哲学、现实和宇宙的边界

构筑了一座座文学迷宫

他乐此不疲穿梭于梦幻的通道

往返于时间和空间转换的客厅

偶尔停留在死亡和神祇连接的玄关

临终前,他和心爱的女人(另一根拐杖)

领取了最后一张婚约

完成了非虚构的遗产继承

深 圳 谣

他的书,成为非现实写作者的罗盘

他的一生,只是上帝在尘世的小寐

所有的文字,不过是寓言中的呓语

其实他并未离世

而是随暂时分岔的时间远行了

鸟的维度

人类时常仰起头观鸟
鸟却立于树冠俯瞰人类

鸟目睹人类每日
辛勤劳作八小时以上
顿生怜悯之心

鸟在丛林和水草间跳跃嬉戏
从容觅食、栖息

人类执念于大地上的事物
像甲壳虫一般沉重

灾难轰然降临时
人类慌不择路无处可藏

当人类被大地紧紧吸附
鸟早已振翅于天空的寥廓

深圳谣

太阳的舍利子

身陷山林湖海之间
森林的气息包裹着房子
明亮的窗户在阳光的照耀下
闪烁着喜悦的眸子

阳光的海水涌入所有房间
蓝色的房子荡漾在林涛之上
像一个通透的精灵
呼吸着童话世界里的歌谣

过滤了世俗杂念的房子
在碧湖之上，在云彩之下
踏着岁月的滑轮
一缕灵魂徜徉在梦幻之境

阳台上散落一地太阳的舍利子

枯山水亦有冥想之心

租客们挑剔

来来回回没有看中房子

现在落满了灰尘

紧闭的窗户，窒息了空气

空置的疼痛硌醒了睡眠

一个没有爱的灵魂

也是会长出青苔的

山有鸟群围绕

昆虫深情陪伴

树木也许下诺言

厮守一生

更有众多诗人吟哦

画家豪放泼墨

歌者纵情放声

即使枯山水

亦有冥想之心

深圳谣

鲜嫩的时光

请放弃对时光不息流失的焦虑

我确信站立在春天的中央

黄钟木枝条铺满了黄金的花朵

紫玉兰白玉兰樱花敞开了花蕾

牡丹花打着花骨朵也急切

要刷新花园的头版头条

蜜蜂、蝴蝶痴迷于花蕊

黄鹂欢跳于枝头

从一朵海棠又纵身于几瓣红梅

这芬芳的土地烂醉如泥

这明前的碧螺春清澈如许

静坐庭院一隅，细嗅蔷薇

慢慢端起茶盏，细嗅这

一池春水般翠绿而鲜嫩的时光

俄地吓古村

俄地吓古村像一幅旧版画
深深嵌入城乡的夹缝中
宁静且幽远

散落的碉楼默默矗立地平线
叙述着光阴从容的斑驳
老木棉树绽放的花朵鲜艳欲滴

慕名的艺术家纷纷挤进古村
与一位叫烟桥的灵魂会合
各自寻找属于自己的庭院

沦陷在这黑白胶片般的时光中
发呆、撒野、狂想、泼墨
无边际驰骋心灵的疆域

把春光绚烂的一生
连同作品中孵化的梦
定格在这斑斓岁月的鳌湖之畔

深圳谣

天　窗

时光的黄金沙漏

注定会让你缺席纷繁的尘世

七十公斤体重连同一串记忆

在迷宫之外永远缄默不语

如同残破被抛弃的魔镜

一起卷走幻象及其碎片

肉体只是乌托邦脆弱的堡垒

出没在毁灭和诞生之间

鲜花陪伴每一个人的幸福

也忠诚守候墓碑的静寂

当时空长廊熄灭了最后一盏灯

把岁月的践踏提炼出一首诗

或者反复淘洗你灵魂的成色

悲凉的雾霾将从往昔的天窗逃逸

暴雨的四月

汛期未至，南方四月的天空已暴动

无数暴雨的箭镞，在乌云掩护下

急速射向大地的胸膛

雨水漫过河床，准备统领陆地

人类惊慌失措奔走在失明的白昼

强大的工业文明在洪水中黯然失色

雷霆一阵阵在头顶咆哮

像正义护卫者的宣誓

闪电如一记记愤怒的长鞭

抽击着招摇过市的真理之脸

压抑的大地疯狂畅饮雨水的豪情

肆虐和热爱处于同一纬度

正似茂密的树林遮风挡雨

也挡住了阳光的初心

深圳谣

地铁接轨海上日出海滨栈道
——写于八号线通向大小梅沙

地铁线延伸梦幻的轨道

让习惯在大地上奔跑的人

拥有了大海波浪般的呼吸

大海是大地蓝色的天窗

更多的事物在多棱镜上显现

鲸鱼偶尔跃出海面，与候鸟邂逅

沙滩绵长，从大梅沙到小梅沙

都是阵阵海浪倾吐的灼热词语

海平面终于如期浮出日出的光晕

海底光缆是一条卧龙

潜伏在珊瑚缤纷的怀抱

一只只鸬鹚拍打着天窗的浪花

雅　集

寂寞无聊之时

接到雅集邀约

我持有"未能免俗"闲章一枚

战战兢兢，不敢赴约

浑浊不堪之人

即使戴上优雅面具

言行举止间

也会露出破绽

词　根

相伴终老的不是亲人
而是一本诗集
一行诗句中的一个词
温暖、战栗、宁静
每个季节都会萌发出
呼应心情的一个词

当诗集合上尾页
所有的词缀纷纷凋落
孤独的灵魂
直抵生命的词根

幸福的触须

在琐碎日常中钝感已久
比如现在，独坐深圳湾迁鸟书吧
读书品咖，偶尔抬眼看一下白鹭
彼岸群山连接着跨海大桥
难以激起攀爬、飞渡之念
甜点不甜，鸡蛋花也在暮春
失却了芳香的气息

当手机屏幕发来俄乌战况
这才意识到和平的羽翼多么珍贵
我们在椰子树和海滩簇拥下
而浑然不觉幸福的触须
遍布身旁
此刻，唯有向在战火中逝去的亡灵
致歉

深圳谣

北宋美学之殇

宋徽宗已厌倦了后宫的审美
乔装打扮到瓦舍勾栏猎艳
哪怕是和周邦彦一起邂逅李师师

他并不迷恋权谋，却以艺术之眼
重用蔡京打理朝政
他迷上了幽玄的天青色的汝窑
他和一群宫女兴趣盎然研磨点茶
他在庭院抚琴，读李后主的词
他创建了瘦金体的峻峭和遒劲
他的工笔花鸟画独步天下

他不敬畏老祖宗传下来的江山
已把心中江山的君王气象
以矿物和植物多重颜料
绘成了永恒的悠远的千里江山图
他一点不懊丧，女真族的铁蹄
和奸臣一起葬送了锦绣江山

他统领的北宋美学王朝

早已把亡国亡朝的命运

湮没在浩渺而苍古的心灵之外

深圳谣

季节的诺言

麒麟山生态园的水果

被枝丫的手掌托住

果内,阳光热烈膨胀

山泉水在流淌

这片果园结满诚实的

季节诺言

每一串葡萄

都在感恩七月的馈赠

石 头

山脉中的石头

河流中的石头

海底火山喷发的石头

天宇流星般的陨石

绊脚石、垫脚石

磨刀石、试金石

这些色彩纷呈的石头

都是天地精灵

它们孕育着斑斓之梦

抵抗着岁月的侵蚀

期待着在盛夏长成

一棵果肉炸裂的石榴树

直至虚构的时光被消融

幻化成大地或星空的

一道光一道闪电的斑痕

深圳 谣

树上的男爵

在一棵高山榕树上寄身
迷恋植物的树胶气息
厌倦了人群的腥臭
厌倦了他们的虚伪和精致

这榕树构建了自己的生态系统
繁茂的根须深深扎入大地
树冠像停机坪敞向天空
枝丫垒满鸟巢和鸣唱
每日溢出的负离子
已把污染的肺渐渐染绿

饥饿了，左手可取桤果
右手可摘波罗蜜果腹
夜晚，星光透过树叶的缝隙
洒在男爵独立的空间
像披了一层银色的薄被
裹着他轻盈又宁静的梦
控制欲极强的人类

再也伤不到他自由的呼吸

如果有人要把树连根拔起

他已攀上了无人机垂下的云梯

辑八 鸟的维度

深圳谣

致瓶中美人普拉斯

当两团火互相激情燃烧

总有一方会受到灼伤

普拉斯八岁时丧父

尚未摆脱死亡阴影的纠缠

飞舞的小蜜蜂

并未能如愿采到蜜

又在寒冬的异乡中窒息

不可救药的爱情遇到了

不可救药的忧郁症

盛放的花朵,瓶中美人渴望

在一次次凋谢中重生

脆弱的心灵,却在男权社会发出了呐喊

而精灵、哀伤的诗篇

唯有在休斯霹雳的诗歌中低鸣

火　焰

默默躬身于炉门前

一扇一扇扇着风

静候烟雾萦绕的一生

被火焰突围

深圳谣

贞 鸟

如果我不能够

栖息于你的岸边吟唱

那么我便是一只

殉情于苦海的贞鸟

真理的矿山

历史是真理深邃的矿山

那些煤渣层层覆盖

黑暗中挖掘者不懈的身影

在微弱灯光照耀下

渐渐清晰

深圳谣

木棉花

木棉花吐露着初春的喜悦

温暖的气息来自大地的腹部

春风吹拂蜜汁般的花粉

掠过一张张透过阴冷的面孔

雪

离故乡的雪约二千公里

久违故乡的雪已有二十余载

在南方,绕过了冬季

至少绕过了雪,洁白的熏陶

深圳 谣

泥 土

我们把泥土踩在脚下

身后又埋入泥土

肉体和灵魂

一样的归宿，没有贵贱

漂　流

颠沛流离之后
终于在海滨歇下脚
仰望遍布星辰的夜空
又要开始一场无尽的漂流

辑八　鸟的维度

深圳谣

珍 惜

我只有一次死亡的权利
无比珍惜这随时会失踪的时光
对了,认识肿瘤君后
多了一次死亡的磨砺

光和影

在黑夜中点燃灯盏的人

又用手掌遮蔽了星光

那些寄身于海洋的生物

摆脱了太阳阴影的笼罩

深圳 谣

春　笋

暴风雨中的云雾低沉

繁华的城市瞬间消失

雨过天晴之后

林立的高楼又如春笋浮现

时光的导游

终于啄破了黑暗的壳
拥抱着光明和喜悦
匆匆的旅程转瞬抵近尾声
时光的导游又把我们带入永眠

辑八 鸟的维度

深圳谣

薰衣草

孤独是黑色的紧身外衣
你纤美的手指悄然而至
带着紫色薰衣草的气息
一一解开深夜中的纽扣

挖掘者

勘探之后，切割、打磨

一块惊艳的石头"水落石出"

闪耀的石头矗立在时光的殿堂

挖掘者早已不见踪影

深圳谣

俳 句

手指的烟草

遇见灰烬的命运

火焰的碎屑

清晨的霞光

孵化蛋黄的日出

黎明之老巢

高铁站扎堆

踏上春节的雪橇

故乡在导航

时光暗涌着

淹没一个个驿站

被记忆刻录

抒情的春雨

撑开一朵朵小伞

行走的蘑菇

岁月的褶皱

风雨共济的沟壑

深藏悲和喜

橙红的夕阳

反射在客厅的墙

辉映着内心

生肖和星座

归属命运的剧情

日月之陷阱

一只只柠果

悬挂茂密的林间

季节的诺言

柚子花飘香

抵冲人间烟火味

沦为花下奴

戏剧落幕了

主角搀扶着孤独

黑夜的蹒跚

深圳谣

灵魂的底片
深夜灯光照射下
斑驳成一团

我并没离去
时光的沙漏打盹
漏空了幻影